말코, 네 이름

MALLKO Y PAPÁ

© 2014 Gusti

© 2014 EDITORIAL OCEANO S.L. Barcelona(Spain)

All rights reserved.
No part of this publication may be reproduced or stored in a retrieval system or transmitted in any form or by any means,
whether electronic, mechanical, photocopying, recording or other kind, without the prior permission in writing of the owners.
Korean translation copyright © Munhakdongne Publishing Group, 2018
This Korean edition was published by arrangement with Editorial Oceano through Sibylle Books Litrary Agency, Seoul.

말코, 네 이름 구스티 글·그림 | 서애경 옮김

초판인쇄 2018년 5월 9일 | **초판발행** 2018년 5월 18일 | **펴낸이** 염현숙
책임편집 염희정 | **편집** 곽수빈 원선하 이복희 | **디자인** 이은하 | **손글씨** 이은하
마케팅 정민호 박보람 나해진 우상욱 | **홍보** 김희숙 김상만 이천희 | **제작** 강신은 김동욱 임현식 | **제작처** 영신사
펴낸곳 (주)문학동네 | **출판등록** 1993년 10월 22일 제406-2003-000045호 | **주소** 10881 경기도 파주시 회동길 210
전자우편 kids@munhak.com | **홈페이지** www.munhak.com | **카페** cafe.naver.com/mhdn
페이스북 facebook.com/kidsmunhak | **트위터** @kidsmunhak | **북클럽** bookclubmunhak.com
대표전화 (031)955-8888 | **팩스** (031)955-8855 | **문의전화** (031)955-8890(마케팅) (02)3144-3236(편집)

ISBN 978-89-546-5129-5 03870

이 도서의 국립중앙도서관 출판예정도서목록(CIP)은 서지정보유통지원시스템 홈페이지(http://seoji.nl.go.kr)와
국가자료공동목록시스템(http://www.nl.go.kr/kolisnet)에서 이용하실 수 있습니다.(CIP제어번호: CIP2018012934)

말코, 네 이름

구스티 글·그림 | 서애경 옮김

문학동네

이름   구스티

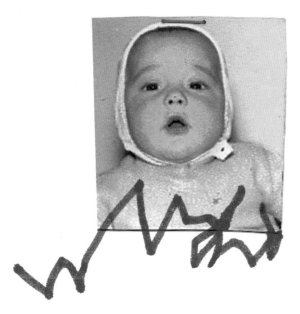

몇 해 전, 나는 신에게 기도했어요.
"조건 없는 사랑"을 경험할 기회를 달라고요.
티끌 한 점 없는 진실한 사랑.
나는 좀 더 신중했어야 해요. 하나님이든 부처님이든
알라신이든, 그 어떤 신이라도 내 기도 소리에
귀를 기울였을 테니 말이죠.

아들 말코가 태어났어요.
말코는 엄청난 군대를 이끌고
내 성으로 쳐들어왔죠.

맙소사

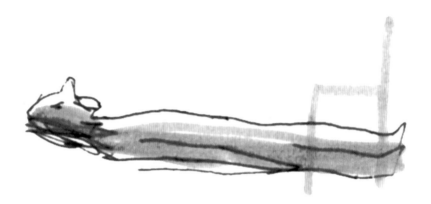

아이를 낳는 일과, 그림을 그리는 일에는 비슷한 데가 있어요.
둘 다 맘먹은 대로 되지 않거든요.

망친 그림은 찢어 버리거나, 다시 그리거나, 지울 수 있지요.

포토샵으로 되살릴 수도 있고요.

하지만 아이는,
되돌릴 수가 없어요.

나에게 어떤 일이 일어난 걸까요?
내 기도가 잘못되었을까요?

말코는 예고 없이 너무 일찍 세상으로 나왔어요.

나는 받아들일 수가 없었어요.

받아들일

없어

슈가

어요!

이런 그림들이 떠올랐어요.

나는 받아들일 수가 없었어요.

이런 그림들이 수도 없이 떠올랐어요.
이내 헛생각이라며, 도리질을 쳤어요.

그대로 괜찮다는 걸 그때는 왜 몰랐을까요?

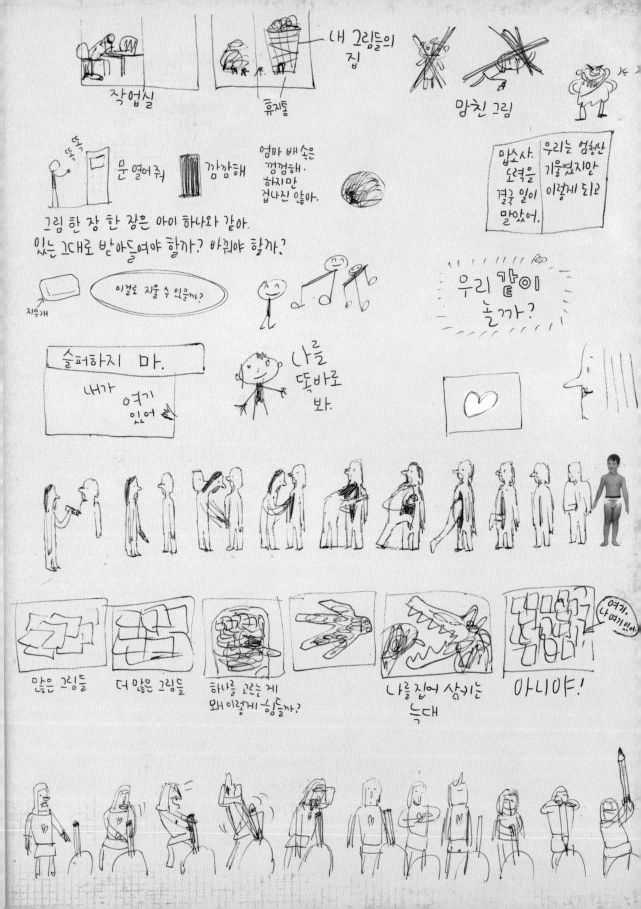

아기 말코를 만났을 때 내 안에서 일어난 일들이에요.

받아들일 수 없는 그림들이었어요.
이건 내가 그리고 싶은 그림이 아니었어요.

괜찮아,
괜찮아!

얼마 뒤, 나는 깨달았어요.
그 그림이……

꽤 괜찮다는 걸!

그뿐 아니었어요. 가장 좋은 그림이라는 걸 알았어요.

찢지도 지우지도 않으리라 마음먹었어요.

그래요, 내 이야기가 너무 잔인하게 들리리라는 걸 알아요.
하지만 그게 진실인걸요. 내 진실.

아버 이야기

아내는 말코를 받아들이는 데
전혀 문제가 없었어요.
아주 자연스러웠어요.

엄마란 그런 건가 봐요.
나는 아네에게 많이 배워요.

말코가 태어났을 때, 기분이 어땠어?
나는 우선 아이의 두 손과 두 발을 보았어. 손가락과 발가락이 다섯 개씩 맞는지
살펴본 거야. 그리고 두 눈도 살펴보고 젖을 물렸어.
욕실에서 양수가 터졌을 때, 당신이 집에 돌아왔어.
우린 장을 보러 나갈 참이었지.
"으어, 내가 어떡하면 되지?" 당신은 나에게 물었어.
내가 말했지. "손 씻고, 욕조에 더운물 받아 줘."
탯줄을 끊어 줄 조산사를 기다리며 생각했지.
장 보러 나가지 않은 게 얼마나 다행인지.
슈퍼마켓 진열대 사이나, 냉동고 복도나, 주차장에서 아기를 낳을 뻔했잖아.

말코가 다운증후군이라는 걸 알았을 때, 무슨 생각이 들었어?
사실 나는 바로 알아차리지 못했어. 말코가 태어나고 이튿날, 당신이 먼저 그랬지.
"왜 아기 눈이 찢어졌을까?"
나는 "미숙아라서 그렇지 않을까?" 하고 대답했지.
내 눈으로 확인할 수 있는 건, 아이의 근육이 물렁해 보인다는 거였어.
내가 께름칙해했던 건 바로 그거야.

임신 중 양수 검사를 하지 않기로 결정한 건, 결과는 두 가지밖에 없다는 걸
알았기 때문이야. 이상이 있거나, 아니면 없거나.

말코는 바깥세상으로 나오느라 바빠 염색체 수를 제대로 헤아릴 겨를이 없었을 거예요.

아네

다 괜찮아.

당신이 말코를 받아들이지 못했기 때문에 나는 죄책감이 컸어. 하지만 맘속으로는
이 아기에겐 "그렇게" 나올 권리가 있다고 느꼈어.
그리고 이 일이 우리에게 교훈이자 경험이 될 거라고 믿었어.

젖을 물리면서, 한 가지 생각밖에 들지 않았어요. 나는 허약한 아이를 낳았고, 그래서
사랑이 두 배로 필요하다는 거. 구스티는 그 상황을 이해하고 받아들이기 힘들어했어요.

테오

곧
열네 살

**어리지만
의젓한 첫째**

이건 아빠가 그린 테오

테오 이야기

다운증후군 동생이 태어난 후
형에게는 어떤 일이 일어났을까요?

테오와 말코

아기가 태어나면 부모들은 갓난아기를 돌보느라
큰아이에게는 소홀하기 쉽지요.
하지만 우리는 큰아이가 옆으로 밀려난 느낌이
들지 않도록 골고루 마음을 쓰고 있어요.
테오는 우리를 도와 곧잘 말코와 함께 지내요.
일이 너무 많을 때, 우리는 큰아이에게 의지해요.
큰아이는 의젓하며 책임감이 무척 강하지요.

보낸 사람: 구스티 <gusti...tito@gmail.co...>
제목: **내 동생 루이스에게**
날짜: 2007년 8월 17일
받는 사람: 루이스 하코메 <...@...som>

우리 식구 안부는 걱정 말라고 전하고 싶다. 나는 우리에게
닥친 일이 불행도 아니고 고통도 아니라는 것을 깨달았어.
이건 그저 우리의 현재이자 미래야.
테오의 요즘 관심사는 에일리언이나 헐크 영화야. 삶은 계속될 거고
모든 일은 이대로 잘 흘러갈 거야. 우리 앞에 놓인 길은 두 갈래가
아니라 한 갈래뿐. 그건 바로 사랑의 길이겠지.

애정을 담아, 구스티.

말코와 테오의
아침

서로 사랑하는 아이들

연극을 하는 테오와 말코

테오가 "다운증후군이 뭐예요?" 하고 물은 적이 있어요.
나는 "말코에게 생긴 일." 하고 대답했지요. 그리고
"우린 말코도 똑같이 사랑할 거야." 하고 덧붙였어요.
아무도 설득하지 못할 표정이었을 거예요.
테오가 말했어요. "얼굴이 초록색이든, 빨간색이든, 파란색이든,
머리칼이 은색이든, 키가 작든, 뚱뚱하든 난 아무렇지 않아요.
말코는 늘 사랑스러운 내 동생이에요."
나는 테오에게서 세상을 밝히는 한 줄기 빛을 보았어요.
말코가 태어난 뒤, 내가 얻은 첫 교훈이었지요.

아프리카 코끼리 귀라 해도

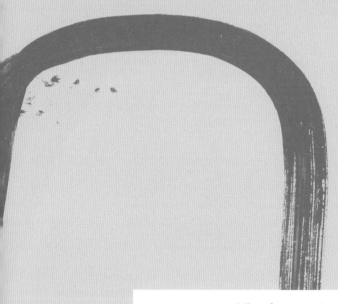

개미 더듬이처럼 기다란 귀라 해도

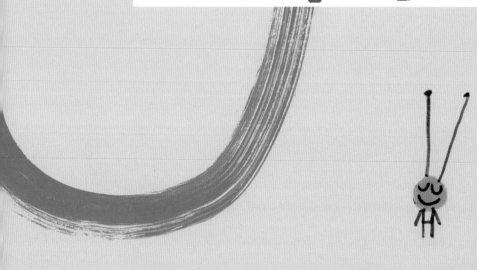

피자 얼굴이라 해도

토마토 얼굴이라 해도 아무렇지 않아.

털이 났을까?

피자 얼굴일까?

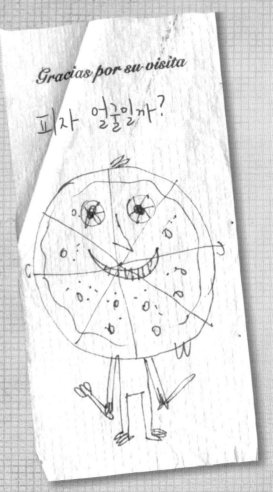

다리가

3

용

네 개여도
좋아.

사람들은 내 동생이
축구 선수는 못 될 거래.

대통령도 못 될 거래.

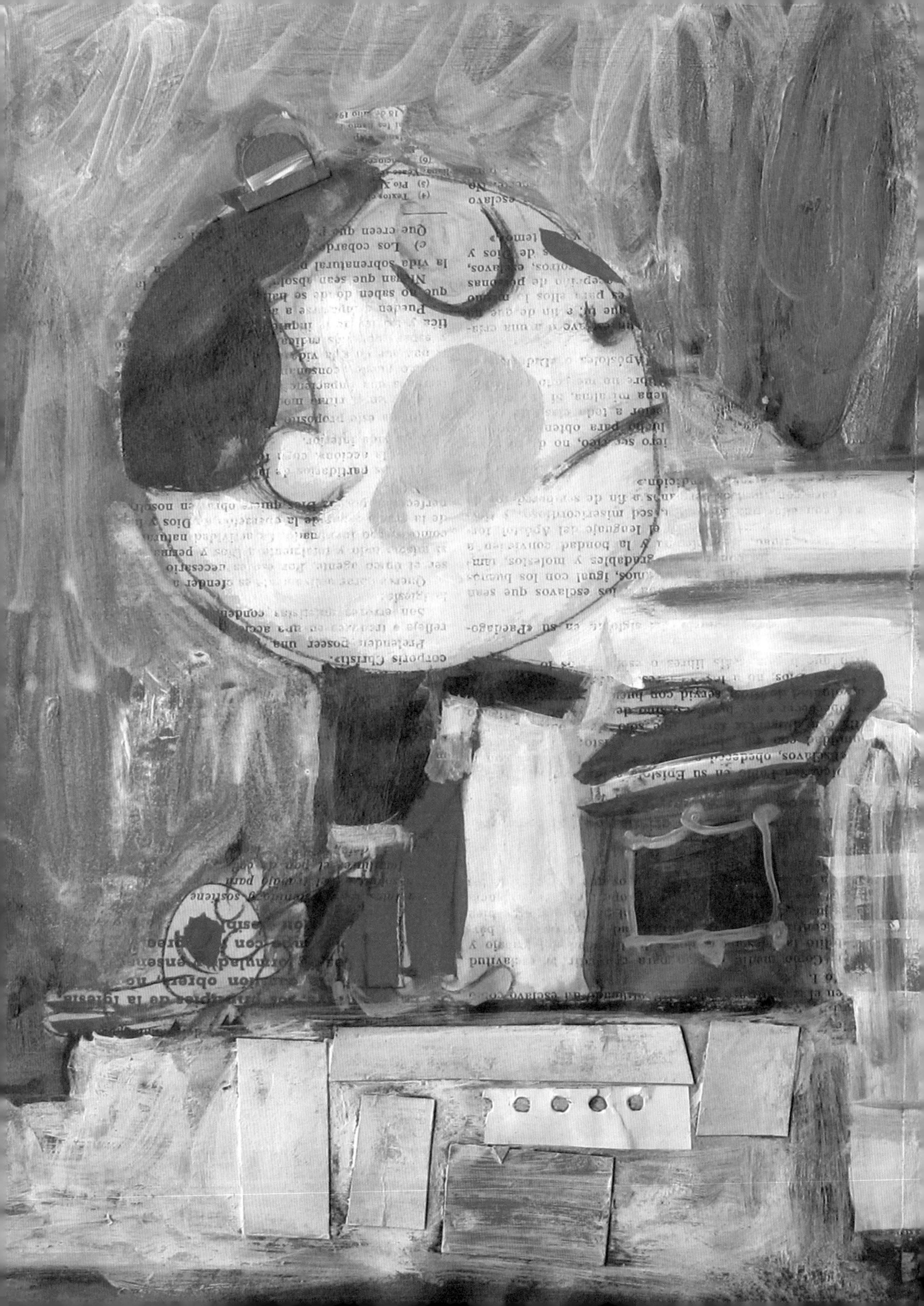

얼굴이 빨간색이든 초록색이든, 키가 크든,
털북숭이든, 키가 작든, 뚱뚱하든 아무렇지 않아.
말코는 사랑스러운 내 동생이니까.

내 동생이 최고야.

어떤 동생이 태어날까?

우리는 여러 가지 일을 함께할 수 있을 거야!

초록색 눈일까? 보라색 눈일까?

코가 할아버지 코처럼 뚱뚱하고 크다면……

……꽃밭으로 데려가 향기를 맡게 해 줘야지.

모기처럼 길고 가느다란 입이라면?

함께 핫초코를 마실 거야.

씨름 선수처럼 뚱뚱할지도 몰라.

수학 천재라면

제곱근 문제를 푸는 걸 도와 달래야지.

사촌 형처럼 털북숭이일지도 몰라.

피자 얼굴일지도 몰라.

어마어마하게 힘이 셀지도 몰라.

슈퍼맨처럼 투시력을 갖고 있을지도 몰라.

얼굴이 토마토처럼 빨개도 아무렇지 않아.

달걀처럼 노랗더라도

풀 이파리처럼 초록색이라도

바다나 하늘처럼 파란색이라도

목성이나 화성 같은 다른 별에서 왔더라도

눈이 수백 개라 해도

팔이 스무 개에 다리가 넷이라 해도

아프리카 코끼리 귀라 해도

개미 더듬이처럼 기다란 귀라 해도

아무렇지 않아.

내 동생이 태어났어.

우리 집에 아기가 생겼고

아빠는 먹구름 낀 웃음을 지었고

누군가는 아기가 축구 선수가 될 수 없다 했고

누군가는 대통령이 될 수 없다 했고

피아노를 칠 수 없다 했고

스카이다이버가 될 수 없다 했고

버스 운전수가 될 수 없다 했어.

난 아무렇지 않아.

난 내 동생이 초콜릿케이크보다 더 좋아.

언제까지나 사랑스러운 내 동생이야.

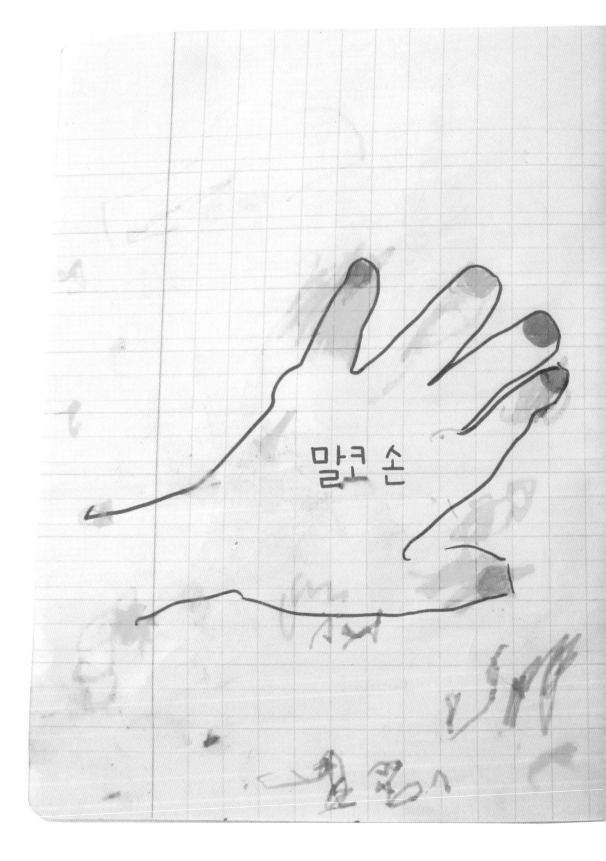

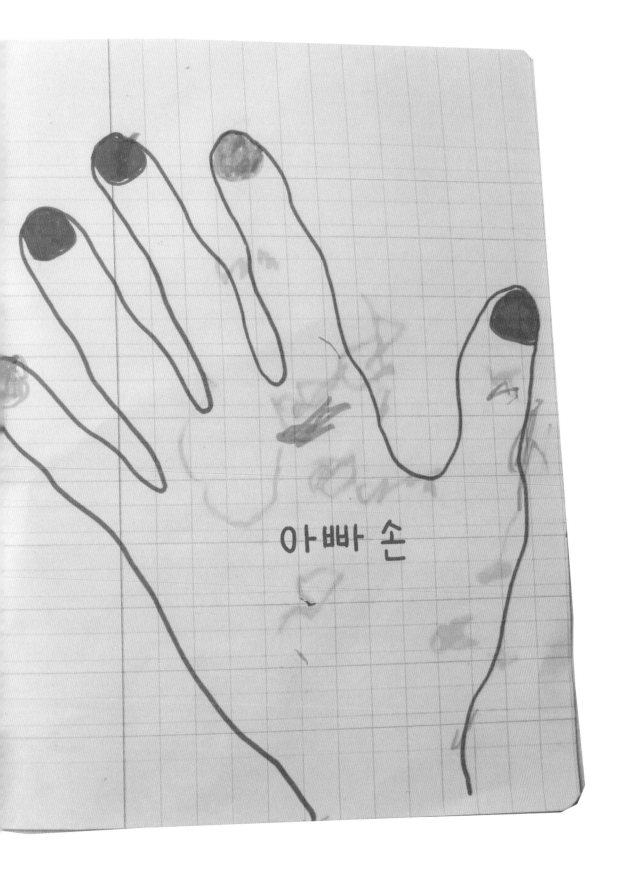

아빠 손

말코 이야기

말코의 세상

안녕!

안녕! 우리는 말코와 구스타야.
우리 둘이서 이야기를 들려줄게.

옛날 옛날에 작은 토끼가
있었어. 이름은 말코야.
어느 날 이 토끼가 뭘로
변했느냐면……

이빨이 엄청 큰 바다코끼리로 변했어!
바다코끼리가 말했어.
"토끼야, 너 나한테 당근 하나만 줄래?"

작은 토끼가 말했어.
"바다코끼리는 당근 안 먹어!"

돼지 씨
나와 주세요.

난 돼지 씨야!

아! 미안!
네가 돼지 씨야.

난 돼지야!
꿀꿀꿀

돼지는 실증을 너무 빨리 내,
그래서 자기 친구 개미를 불러내.

난 개미야!
내가 개미야!

조심해!
돼지 씨!

조심해!
뭐가 나올까……

으흐흐흐
으아아아아아악

밴파이어

말려다!!

뱀파이어 말코가
아기 돼지들 피를 몽땅
빨아 먹고 싶어 해.

으으으으으으윽!
으으으으으으윽!
으으으으으윽!

하 하
하 하

뱀파이어 씨, 뱀파이어 씨,
피가 먹고 싶은가요?
그렇다면 바다코끼리 피를
먹는 게 좋겠어요!

꿀꺽 꿀꺽
꿀꺽

바다코끼리 기분은 어떨까?

으르르르릉!

아니야! 그건 사자 같아.

이제 내가
뱀파이어야!

그럼 난 바다코끼리……
바다코끼리 피를 몽땅 빨아 먹을 테다!
쪽 쪽 쪽!

어떤 날이 특별한 날인지.
나에게는 모든 날들이
특별하다.

3월 21일, 세계 다운증후군의 날

이 책을 쓰면서부터 나는 세계 여러 나라에서 다운증후군 아이들이 어떻게 지내는지에
관심을 갖기 시작했어요. 아프리카, 아시아, 다른 대륙의 아이들은 어떨까요?

차이:

두 사람이나 두 사물을 똑같지 않게 하는
특질, 성격, 환경.

말코에게 진실로 필요한 것들은 무엇일까?

오직 한 가지 "사랑"

말코가 즐거워하는 것들:

산책
발가벗고 책 읽기 (궁둥이를 드러내 놓고)
바닷가, 물
팝콘 먹기
기차, 자동차, 공룡 장난감 가지고 놀기
공놀이
부엌일 돕기
옷장 헝클어 놓기
북 치기, 피리 불기, 기타 치기
그림 그리기, 컴퓨터 만지작거리기
동물 그림 보기
이야기 읽기

서로 다르다는 건
서로 같다는 것

질문하고 찾아내기

계속해서 배우고 바꾸고 탐색하고 토론하고

말코는 내 구두나 제 엄마 샌들이나
테오의 운동화를 신기를 좋아해요.

두 발로 땅을 단단하게
딛고 싶어 하는 것 같아요.

덜덜덜

윙윙윙

말코는 돕는 걸 좋아해요.

진공청소기에 폭 빠졌는데,
버튼을 누르면 불이 들어오고 큰 소리가 나면서
바람이 나오기 때문이지요.
말코는 바람이 뭔가를 빨아들인다는 걸
알아냈어요.

윙윙윙윙

버튼을 누르면, 불이 반짝이고,
소리가 나고, 작동이 된다.

끝도 없이 여러 번 반복해요.

나는
모자를 써
나는 모자를
벗어

<라 쿠카라차> 리듬에 맞춰서
모자를 쓰고 벗어요.

나는 모자를 써, 나는 모자를 벗어.

벗고   쓰고   벗고

쓰고   벗고   쓰고

쓰고 벗고 쓰고

쓰고 벗고 쓰고

벗고 쓰고

말코가 그린 그림 : 네 바퀴 자동차

부릉 부릉 부릉 부릉 부릉

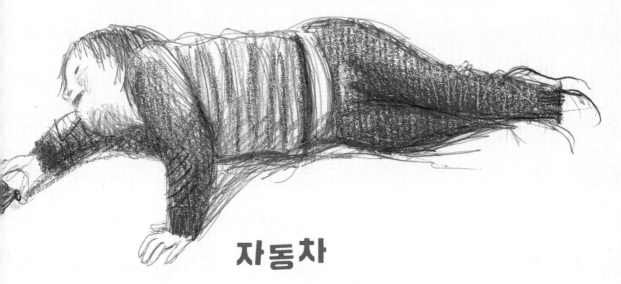

자동차

바퀴가 네 개 달려 있고,
그 바퀴로 땅 위를 굴러가는 탈것.
운전대로 조종한다.

말코는 장난감 자동차를 가지고 놀기를 좋아해요.

우리 아버지는 평생을 자동차 부속품을 파는 가게에서 일했어요. 말코가 할아버지의
유전자를 물려받은 건 놀라운 일이 아니지요. 자동차라면, 난 타이어도 갈 줄 모르지만.

ESPAÑA FRANQUE PAG DO CARTAS

0 0

너는 껴안고 입맞추는 걸 좋아해.

좋아하다

누군가에게 사랑과
매력을 느끼는 일.

아무도 네 빛을 알아보지 못할지라도.

말코에게 라옌이

라옌: 남아메리카 마푸체 부족의 말로 '꽃'이라는 뜻

사람들은 네가 우리와는 "다른" 아이라고 해.
난 네가 "특별한" 아이라는 걸 알고 있어!
난 너와 함께 이웃으로 살면서 놀라운 경험을 하지.
넌 귀엽고, 부드럽고, 예쁘고, 착한 아이야.
너와 함께 있을 때, 난 하늘을 느껴.

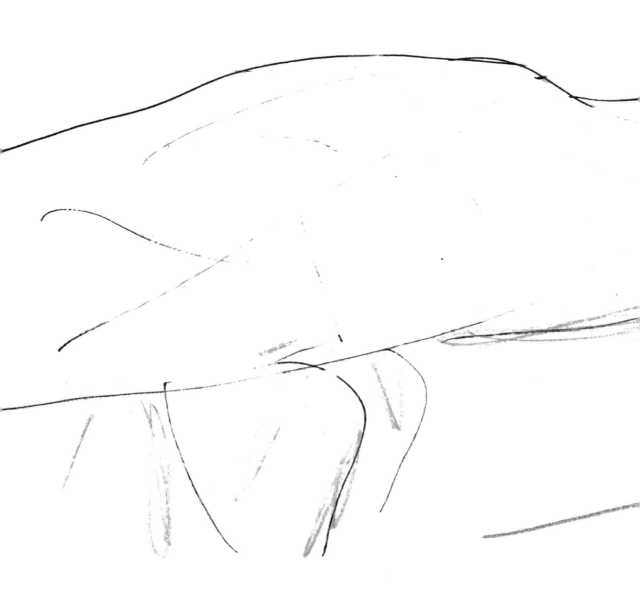

말코는 가끔 자다 말고 엄마 아빠 방으로
건너올 때가 있어요.

어느 날
밤

악몽

말고 우리 조금만 더 자자, 응?

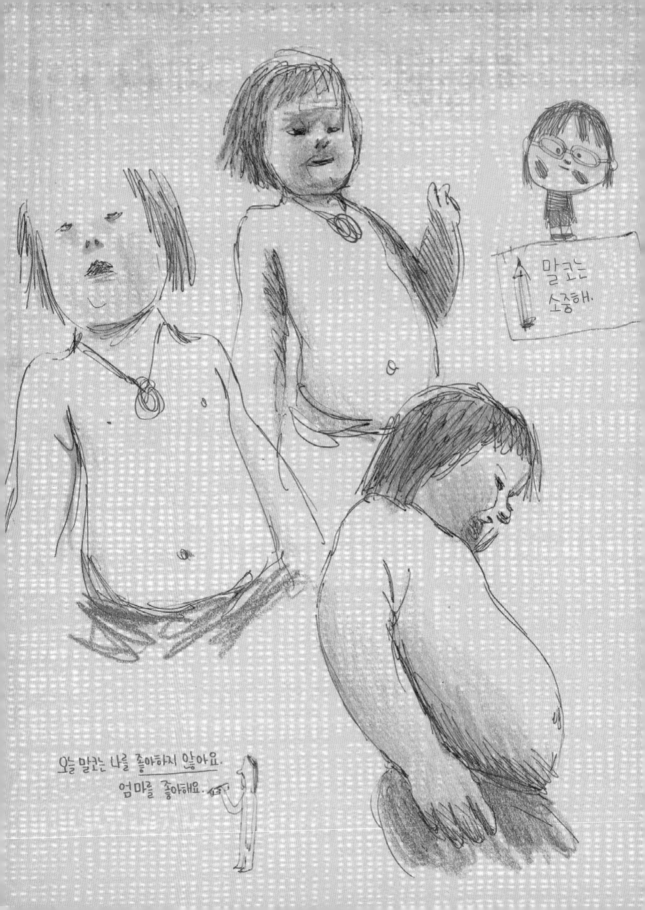

말코는
소중해.

오늘 말코는 나를 좋아하지 않아요.
엄마를 좋아해요.

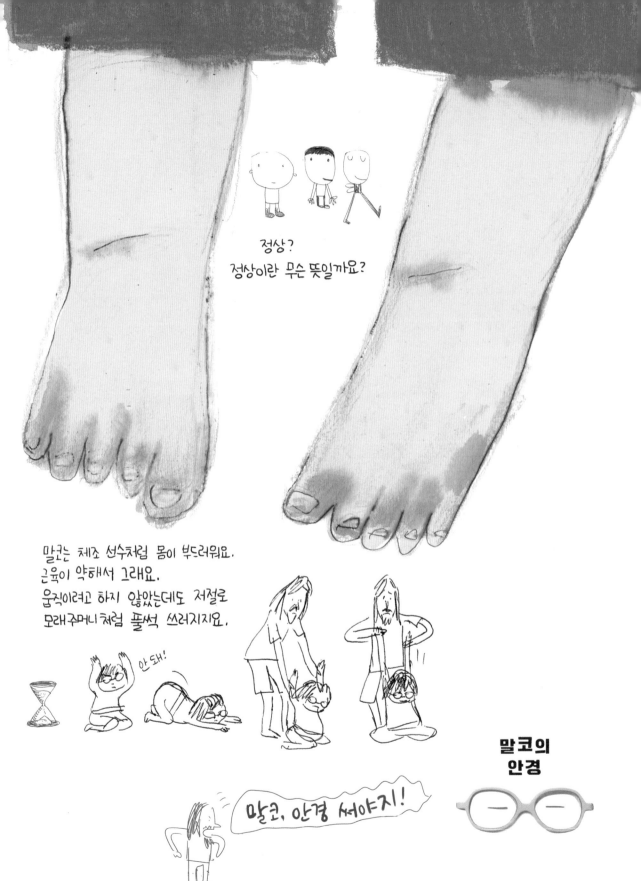

정상?
정상이란 무슨 뜻일까요?

말코는 체조 선수처럼 몸이 부드러워요.
근육이 약해서 그래요.
움직이려고 하지 않았는데도 저절로
모래주머니처럼 풀썩 쓰러지지요.

안 돼!

말코의
안경

말코, 안경 써야지!

말코는 달리기를 좋아해요.
거리로 나가면 400 미터 달리기 선수 같아요.

말코와 산책을 나가려면 준비를
단단히 해야 하지요.

목욕하기

말코,
목욕하자!

욕조에
오줌 누면 안돼.

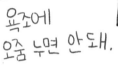

나 화장실 간다!

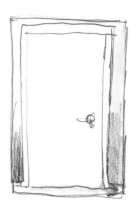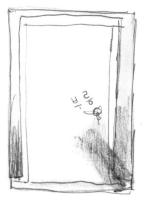

말코는 화가 날 때, 성난 표정을 지어요.
성난 표정을 지을 줄 아는 건 무척 중요하지요.
마찬가지로 아픈 표정을 지을 줄도 알아요.

같이 학교에 갈 때, 우리는 원숭이걸음으로 걸어요.

이렇게 옆으로.

학교

친구를 사귈 수 있는 곳

일 학년 때는 말코도 얌전하고 상냥했어요.
말코가 아이들을 쫓아다니며 머리칼을 잡아당긴 건 함께 어울리고 싶어서였어요.
울거나 소리를 지르는 아이들일수록 말코의 관심을 끌었지요.
말코는 아이들이랑 잘 지내고 싶어서 장난을 하려 했던 거예요.

말코는 사람들이랑 어울리는 법을 배우고 있어요. 아이들이든 어른들이든,
말코에게는 모두가 동등하지요.

말코의 눈은 작은 물고기처럼 생겼다.

셋 셋

말코는 손가락으로
수 세기를 배우고 싶어 한다.
입으로는 "셋"이라고 말하면서
손가락을 두개 펴는데,
엄청 우습다.

말코는 마당 쓸기를
도와주고 싶어 한다.

무서워!

누가 그런 도움을 거절할 수 있을까?

하얗든 까맣든
키가 작든 크든
허약하든 강하든
노란 머리칼이든 밤색 머리칼이든
넌 소중한 사람들 중에서도 소중한 사람.
소중한 사람들 중에서도 소중한 사람은 바로 너.
_어린이 찬송의 한 구절

어머니가 나에게 말했어요.
"다운증후군 아이들은 주로 헬멧 모양 머리를 하고 다니던데,
더 세련된 머리 모양이 좋지 않겠니?"

사실은 내 머리도
레드 핫 칠리 페퍼스의
보컬처럼 길어요.

내가 어렸을 때 우리 어머니는
늘 나에게 이런 잔소리를 했어요.

"얘야 머리 좀 자르렴.
안 그럼 너를 가둬 둘 테다."

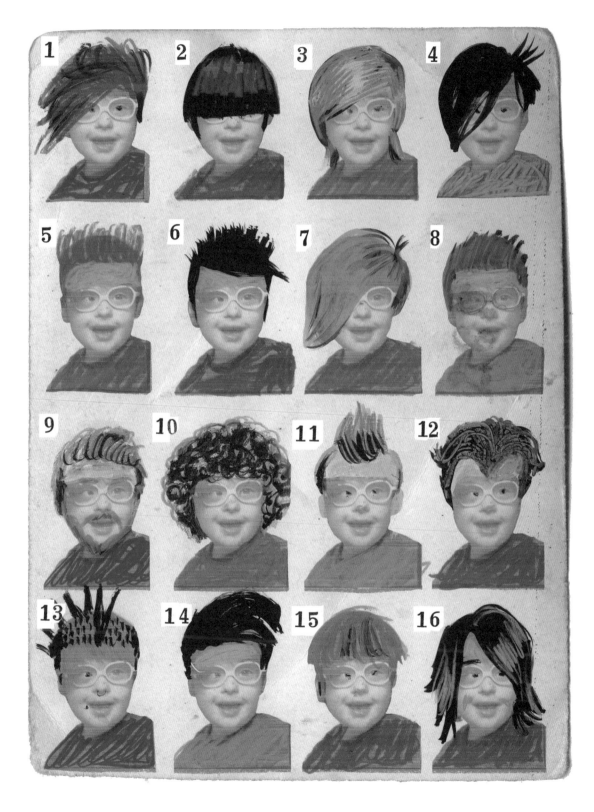

✱ 8월 2l일 월요일 오전 ll시
오늘 테레사 병원에서 초음파로 말코의 심장소리를 들었다.
말코는 세상모르고 잠들어 있었다. 후텁지근한 날씨.

심장 검사 전
잠들어있는
말코

다운증후군을 가진 사람들은 심장병을 앓고 있거나
심장이 약해요.
말코의 심장을 처음으로 검사할 때,
독수리를 연구하는 생물학자 친구가
뉴질랜드 바닷가에서 주운 심장 모양 돌을
하나 보내 주었어요.
흰죽지수리의 심장과 똑같이 생긴 돌이었지요.
말코의 심장 검사는 잘 끝났어요.

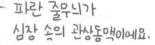
파란 줄무늬가
심장 속의 관상동맥이에요.

돌 심장의 앞뒤 모습

말코

말코의 심장은 수컷 흰죽지수리의
심장과 비슷해요. 앞면은 볼록하고
뒷면은 평평하죠.

심장의 마법

더 많이 내줄수록, 더 많이 받아.

더 움츠릴수록, 더 늦어.

더 젊을수록, 더 빨라.

더 늙을수록, 더 부드러워.

단련할수록 더 커져.

상처를 입을수록, 낫기 쉬워.

두 개의 심장은 세 사람을 위해 뛰는 것.

세 개의 심장은 모든 사람을 위해 뛰는 것.

뛰기를 멈추면, 다른 심장이 대신 싸워.

이것이 심장의 마법이야.

말코에게 커다란 사랑을 보내며, 뉴질랜드에서

JM 우르술라 아드리

말코의 심장은 독수리 심장처럼 튼튼해요.

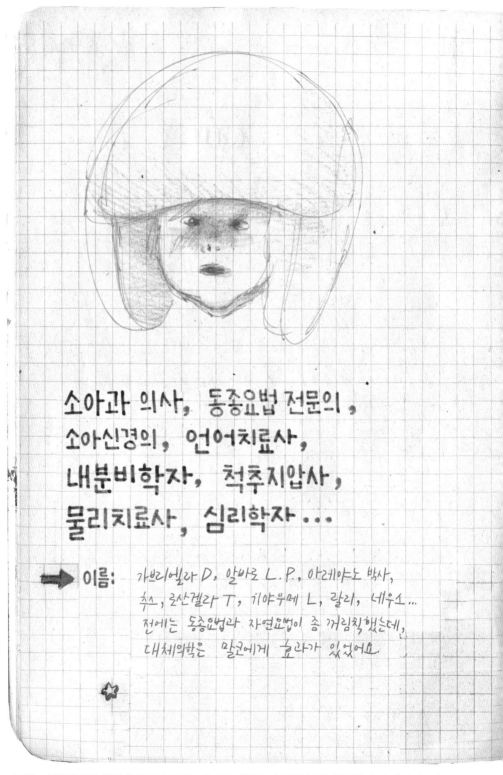

소아과 의사, 동종요법 전문의,
소아신경의, 언어치료사,
내분비학자, 척추지압사,
물리치료사, 심리학자...

➡️ 이름: 가브리엘라 D, 알바로 L. P., 아레야노 박사,
추스, 로산겔라 T, 기야우메 L, 랄리, 네우스...
전에는 동종요법과 자연요법이 좀 꺼림칙했는데,
대체의학은 말콘에게 효과가 있었어요.

☆

우리는 치료법들을 정리해 두고 있어요. 우리가 생각하지 못한 낯선 치료법이 나타나면
우선 경계심이 들곤 하죠.

Zinnat ® 250 mg / 5 ml

granulado para suspensión oral en frasco

Cefuroxima

L-Thyroxin Henning Tropfen

100 Mikrogramm / ml Tropfen zum einnehmen, Lösung

CEPATOL-H
medicamento Homeopático

 **X 3**

P   S   MANGANÈSE
Phosphate Azufre   **CUIVRE**

CALCAREA CARBONICA 30 CH

Maliko

말코는 하루에 일곱 가지 이상 약을 복용한다.

세상 모든 아이들은 태어날 때 선물을 받죠.

어느 아이들처럼 자라지 못하는 아이에게
주어진 선물은 아주 작은 것일지도 몰라요.

놀이는
중요해

EL PAÍS DELS GELATS

MALKO

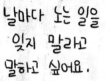

날마다 노는 일을
잊지 말라고
말하고 싶어요.

말로는 놀이을 통해
사람들과 어울리는 법을
배우기 시작했어요.

축구 선수 말코

어느 날 공원에서 말코가 한 아이에게서 공을 빌려 왔어요.
우리는 공을 가지고 같이 놀기 시작했어요.
우리한테 공을 빼앗긴 느낌이 들지 않도록,
나는 이따금 그 아이에게 공을 보냈지요.
그 아이 아버지가 "저 여자애한테 패스해." 하고 말했어요.
한 번, 두 번, 세 번.
네 번째 내가 말했어요.
"남자예요!"
아이 아버지가 말했어요.
"어이쿠, 미안합니다. 머리가 길어서 여자애인 줄 알았네요."
내가 말했지요. "내 머리도 긴걸요."

배구공을 가지고
축구를 하면서
말코는 엄청
소리를 질러요.

놀이가 끝났는데도 말코는 공을 놓지 않아요.

큰아이랑은 축구를 많이 하지 못했는데,
말코랑은 또 축구를 하고 싶지는 않네요.

말코는 비둘기를 보면, 정신을 못 차려요.
비둘기 천 마리를 상상하면서 소리를 지르기 시작하지요.

비둘기에 홀딱 빠지는데, 그러면 내 인내심도 바닥나고 말아요.

또 시작......

카탈루냐 광장
어느 조용한 오후

아네와 나와 말코는 시내로 외출을 했어요.
우리는 바르셀로나 중심가에서 30분 거리에서 살고 있어요.
시내로 나가려면 집에서 자동차를 몰고 나와,
역 주차장에 차를 세워 두고 기차를 타요.
바르셀로나 역 바깥으로 나가면 카탈루냐 광장이 있어요.
광장은 관광객들과, 너무 잘 먹어서 통통한 비둘기들로 꽉 차 있어요.
한두 마리가 아니라, 엄청나게 많아요!
손에 모이를 들고 비둘기들을 먹이는 사람들도 있고,
 사진을 찍는 사람들도 있지요.

갖가지 종류로
바뀌는
아빠 탈것

콩.
잰펄이 좋아함
다음장.

아빠 택시
아빠 응급차
아빠 말
아빠 트레일러

얼음 땡

말코는 무기가 많아요.
그중 하나가 얼음 땡 광선이에요.
보통 "피융" 하고 입으로 소리를 내면서 광선을 쏘아요.
광선을 맞는 사람은 즉시 얼음이 되는 거예요.
일단 얼음이 되면, 풀리기까지 시간이 걸려요.
가장 효과적인 방법은
"입맞춤" 이지요.
말코는 또 "피융"
소리를 내어서 얼음을
풀어 보려고 하지만,
그건 효과가
없어요.
말코가 다가와서 입맞춤을 해 주어야 해요.
그리고 다시 또 시작하지요.

＊ (이 놀이는 몇 시간이고 계속되니,
신중해야 해요.) ＊

이따금 말코는 얼음 땡 무기를 다른 사람에게 넘겨주기도 해요. 말코에게 광선을 쏘면, 한쪽 머리만 얼음이 되어요.

바로 이렇게

놀이를 하다 보면 몸을 다치기도 해요.
지난해 우리는 수술을 두 번 받았어요.
한 번은 귀 수술이었고, 또 한 번은 눈 수술이었어요.

병원에서 말고는 경기에서 이긴 선수처럼
의기양양하게 행동했지요.

마취에서 풀려나자
말코는 눈앞에 보이는 모든 것을
찢고 싶어 했어요.
나 또한 한쪽 눈에
반창고를 붙였지요.
둘이 똑같이 그렇게 하고
병실을 나가니, 사람들이
우리를 돌아보았어요.

이거 봐, 말코.
아빠도 눈
다쳤잖아.

수술하기 전
말코

30% 이상 청력이 회복되면
사람들이랑 대화하는 게
더 쉬워질 거예요.

말코에게서 내가 가장 좋아하는 점은 익살이에요.
말코는 늘 잘 놀고, 수술하기 전에도 놀아요.

수술이 끝나고 잠든 말코

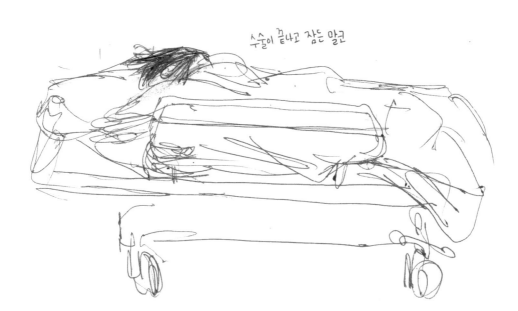

말코가 그린 기차

계단

계단은 말콘에게 큰 도움이 되었어요.

1. 말콘는 넘어지는 일에 대한 두려움을 극복했어요.
2. 말콘의 정신 건강이 좋아졌고요.
3. 어려움을 이겨 내면
   더 강해진다는 걸 깨달았죠.

장애

못하는 일이 많거나 스스로 할 수 없는 일이 많기 때문에
사람들은 말코를 "장애인" 이라고 말해요.
하지만 "사랑"에 대해서는 남들과 똑같이 잘 알고 있죠.

CROMOSOMA

"구스티, 당신 아들 말코는 사랑에 조건이나 한계가 없다는 걸
사람들에게 보여 주고 있어요."

고학년에 휠체어를 타는 이레네라는 아이가 있어요.
말코는 휠체어에 푹 빠져 운동장에서 이레네 주변을 맴돌아요.

징 지기 징 징 징 장 자가 장 장 장
착 차카 착 차카 착 징 지기 징 징
장 자가 장 장 장 착 차카 착 차카
징 지기 징 징 징 장 자가 장 장 장
착 차카 착 징 지기 징 징 징
장 자가 장 장 착 차카 착
징 지기 징 장 자가 장
착 차카 착 차카 착
징 지기 징 장 자가 장
착 차카 착 차카 징 지기 징 징

VUL 200

Marca Registrada por The Gramophone Company Ltd.

UNA COMPAÑÍA DEL GRUPO M

LA LA LA LA LA

Música

뿜 뿜 빠 빠. 레드 핫 칠리 페퍼스의 노래 〈대니 캘리포니아〉의 리듬이에요.
AC/DC의 〈블랙 인 블랙〉과 싸이의 〈강남 스타일〉은 따라 하기 쉽지 않아요.

말코와 아빠가

함께 그림을 그릴 때,
우리는 우리 둘만의
우주로 들어가요.
(그 우주는 기차와 자동차와
아빠와 엄마로 가득 차 있지요.)

말코는 내 그림에
색칠하는 걸 좋아해요.
특히 눈을요.

함께 그리는 그림

다운증후군 아이들은 오래 살지 못할지도 몰라요.

하지만 "받아들인다"는 것은

주어진 걸 기꺼이

　　　받는다는 뜻이지요.

얘들아, 곧 만나!

오늘 말코는
여섯 살이 되었어요.
말코는 무척 행복해요.

끝